DIE 95 THESEN

Martin Luther
Die 95 Thesen

ModerneZeiten

– Bibliografische Information der Deutschen Nationalbibliothek –
Die Deutsche Nationalbibliothek verzeichnet diese Publikation in
der Deutschen Nationalbibliografie; detaillierte bibliografische Daten
sind im Internet über http://dnb.d-nb.de abrufbar.

IMPRESSUM

ISBN: 979-8618350907
MARTIN LUTHER: DIE 95 THESEN
Originalausgabe 2020/2017 (Print/eBook) by © Pallas Publishing®
Übersetzt von A. Fischer
Lektorat und Umschlaggestaltung: *textkompetenz.net*
Herausgeber: © Pallas Publishing | pallas@textkompetenz.net
Gesetzt aus der Garamond
Herstellung und Vertrieb: Amazon KDP
Dieses Buch gibt es auch als eBook,
z.B. im amazon Kindle Bookshop

Inhalt

These XXV (25)

These XXVI (26)

These XXVII (27)

These XXVIII (28)

These IXXX (29)

These XXX (30)

These XXXI (31)

These XXXII (32)

These XXXIII (33)

These XXXIV (34)

These XXXV (35)

These XXXVI (36)

These XXXVII (37)

These XXXVIII (38)

These XXXIX (39)

These XL (40)

These XLI (41)

These XLII (42)

These XLIII (43)

These XLIV (44)

These XLV (45)

These XLVI (46)

These XLVII (47)

These XLVIII (48)

These XLIX (49)

These L (50)

These LI (51)

These LII (52)

These LIII (53)

These LIV (54)

These LV (55)

These LVI (56)

These LVII (57)

These LVIII (58)

These LIX (59)

These LX (60)

These LXI (61)

These LXII (62)

These LXIII (63)

These LXIV (64)

These LXV (65)

These LXVI (66)

These LXVII (67)

These LXVIII (68)

These LXIX (69)

These LXX (70)

These LXXI (71)

These LXXII (72)

These LXXIII (73)

These LXXIV (74)

These LXXV (75)

These LXXVI (76)

These LXXVII (77)

These LXXVIII (78)

These LXXIX (79)

These LXXX (80)

These LXXXI (81)

These LXXXII (82)

VORWORT DES HERAUSGEBERS

MARTIN LUTHER war ein Kirchenmann im wahren Sinn des Wortes. Sein Anliegen war es nicht, die katholische Kirche zu zertrümmern, sondern sie zurück zu ihren wahrhaften Wurzeln zu führen. Die 95 Thesen sind kein bloßes Pamphlet, sondern aus fundiertem theologischem Wissen heraus formulierte Forderungen. Dennoch sind sie, und das macht die Sache doppelt interessant, stellenweise geradezu satirische Überspitzungen, aus denen immer wieder Ironie und sogar Sarkasmus aufblitzen.

Bei der Abfassung der Thesen musste Luther sehr bedachtsam sein und jedes Wort abwägen, um nicht sofort ins Visier der Inquisition zu geraten und als Ketzer abgestempelt werden. So folgt auf jede harsche Kritik in der nächsten These sogleich wieder eine Besänftigung und ein Lob für Kirche und Papst – wenn sie denn richtig funktionieren würden, so Luthers Gedanke, den man zwischen den Zeilen herauslesen kann.

Im Zentrum der Kritik steht in den Thesen der ›Ablasshandel‹, mit dem sich Gläubige durch Geld von ihren Sünden freikaufen konnten – und das, ohne jegliche Reue an den Tag zu legen. Mit diesem Geschäft wurde – mit Unterstützung der Kirchenvertreter – den Gläubigen vorgegaukelt, sie könnten sich durch einen Geldbetrag an die kirchlich lizenzierten Ablassnehmer von ihren Sünden freikaufen.

Abgesehen von diesem Gedanken, der uns heute absurd vorkommt, war das Geschäft auch eine betrügerische Ausbeutung gerade der armen und ungebildeten

Menschen. Während Reiche sich den Ablass ohne große Schwierigkeiten leisten konnten, mussten sich Arme den Geldbetrag bitter absparen – zumal man ihnen suggerierte, der Ablass sei noch wichtiger als die göttliche Gnade und ein Sündenerlass sei ohne ihn geradezu unmöglich. Es gab also gar keine andere Wahl.

In Bronze sind die 95 Thesen heute am Portal der Wittenberger Schlosskirche angebracht. Ob Luther sie damals, am 31. Oktober 1517, tatsächlich selbst dort als Pergament angeschlagen hat, ist nicht gesichert. Jedenfalls wurden sie bereits unmittelbar nach ihrem Erscheinen ins Deutsche übersetzt, gedruckt und vielfach verbreitet. Ihre Wirkung entfalteten sie überall im Land, und ihre Veröffentlichung gilt heute als Beginn der Reformation.

ÜBER MARTIN LUTHER: Kaum ein anderer einzelner Mensch hat die Geschichte Deutschlands und ganz Europas so sehr verändert wie Martin Luther (1483–1546). Frustriert von der katholischen Kirche seiner Zeit, rebellierte er dagegen und bekämpfte das institutionalisierte Kirchentum.

Trotz enormer Widerstände und trotz Luthers Exkommunikation im Jahr 1521 konnte sich die neue Strömung des Christentums in vielen deutschen Fürstentümern und Städten durchsetzen, was in den Augsburger Religionsfrieden von 1555 mündete, in dem sich beide Religionen tolerierten.

Dass nichtsdestoweniger rund 80 Jahre nach Luthers Tod sich ganz Europa in einen dreißigjährigen Glaubenskrieg stürzte, war weniger religiös und ideologisch motiviert, sondern es war das Ergebnis politischer Machtkämpfe, Gebiets- und Herrschaftsansprüche, unter denen die Religion politisch instrumentalisiert wurde. Die nach dem Krieg vollendete Kirchenspaltung in Katholiken und Protestanten war nicht Luthers Ziel gewesen. Er hatte keine ›zweite‹ christliche Kirche schaffen wollen, sondern die katholische, in der er zuhause war, reformieren und auf den seiner Meinung nach richtigen Weg der Gnade zurückführen.

DIE 95 THESEN

Aus Liebe zur Wahrheit und im Bemühen, diese ans Licht zu bringen, mögen die folgenden Thesen disputiert werden, unter dem Vorsitz des ehrwürdigen Paters Martin Luther, Magister der freien Künste und der heiligen Theologie sowie ordentlicher Professor der Theologie zu Wittenberg. Jene, die gegenwärtig nicht anwesend sein können, um mit uns mündlich zu debattieren, bittet er, dies hernach schriftlich zu tun.

Im Namen unseres Herrn Jesus Christus. Amen.

These I (1)

Wenn unser Herr und Meister Jesus Christus spricht: ›Tut Buße, denn das Himmelreich ist nahe‹, dann will er, dass das Leben seiner Gläubigen stete Buße sei.

These II (2)

Diese Art von Buße ist nicht an das durch Beichte und Genugtuung vollzogene *Sakrament der Buße* gebunden, wie sie durch das Priesteramt ausgeübt wird.

These III (3)

Und dennoch meint das Wort nicht nur eine innerliche Buße; ja, die innerliche Buße ist sogar nichtig, wenn sie nicht auch äußerlich vielfältige Pein des Fleisches mit sich bringt.

These IX (4)

So bleibt die Pein – die wahre Buße – bestehen, so lange einer nicht mit sich im Reinen ist, nämlich bis zum Eintritt ins Himmelreich.

These V (5)

Der Papst kann nur jene Strafe erlassen, welche er aus dem eigenen Urteil, oder aus dem Urteil von Kirchenrechtssätzen ableitet.

These VI (6)

Der Papst selbst kann aber keine Schuld vergeben, er kann nur erklären, sie sei von Gott vergeben; darüber hinaus nur in bestimmten Fällen, die er sich selbst vorbehalten hat. Beim Missachten dieser Regel bliebe die Schuld ganz und gar unaufgehoben.

These VII (7)

Und Gott vergibt überhaupt keine Schuld, wenn sich der Sünder nicht zugleich dem Priester, seinem Statthalter, unterwirft.

These VIII (8)

Die *Canones poenitentiales*, also die Regeln, wie man beichten und büßen soll, sind allein den Lebenden auferlegt; den Sterbenden dürfen sie nicht auferlegt werden.

These IX (9)

So erweist uns der heilige Geist mittels des Papstes eine Wohltat, indem er in seinen Dekreten Tod- und Notsituationen ausgenommen hat.

These X (10)

Unverständig und übel handeln jene Priester, die den sterbenden Menschen *Poenitentias canonica*, also kirchenrechtliche Bußstrafen für das Fegefeuer ankündigen.

These XI (11)

Jenes Unkraut von kirchlicher Bußstrafe, die im Fegefeuer verbüßt werden soll, ist wohl gesät worden, als die Bischöfe nicht ganz bei Sinnen waren.

These XII (12)

Ehedem wurden *Canonicae poenae*, also auferlegte Buße oder Genugtuung für begangene Sünden nicht nach, sondern vor der Lossprechung auferlegt, gleichsam als Proben echter Reue.

These XIII (13)

Die Sterbenden lösen mit dem Tod alles ein; indem sie den Gesetzen des Kirchenrechts verloren gegangen sind, sind sie auch dessen Rechtsprechung enthoben.

These XIV (14)

Eine unvollkommene Frömmigkeit oder Liebe des Sterbenden bringt notwendig große Furcht mit sich; ja, die Furcht ist um so größer, je geringer die Frömmigkeit ist.

These XX (15)

Diese Furcht und dieses Erschrecken sind für sich alleine hinreichend – ich will von anderem schweigen –, um Fegefeuerpein zu verursachen, denn sie sind der Angst der Verzweiflung ganz nahe.

These XVI (16)

Hölle, Fegefeuer und Himmel scheinen also voneinander im selben Maße verschieden zu sein wie die völlige Verzweiflung, die unvollkommene Verzweiflung und die Sicherheit.

These XVII (17)

Es scheint, es gibt für Seelen im Fegefeuer ebenso ein Abnehmen des Schreckens wie auch ein Zunehmen der Liebe.

These XVIII (18)

Und es scheint weder durch Gründe der Vernunft noch durch Aussagen der Heiligen Schrift belegt zu sein, dass Seelen im Fegefeuer keinen Zuwachs von Verdienst oder Liebe erlangen könnten.

These XIX (19)

Andererseits scheint auch nicht erwiesen zu sein, dass sie ihrer Seligkeit sicher und unbekümmert sein könnten, auch wenn wir dessen schon ganz gewiss sind.

These XX (20)

Deshalb meint der Papst mit ›vollkommener Vergebung aller Strafen‹ nicht, dass insgesamt alle Strafen vergeben werden, sondern nur jene, die er selbst auferlegt hat.

These XXI (21)

Daher irren die Ablassprediger, wenn sie sagen, dass durch des Papstes Ablass der Mensch von allen Strafen freigestellt und errettet werde.

These XXII (22)

Ja, der Papst kann den Seelen im Fegefeuer keine einzige Strafe erlassen, die sie in diesem Leben laut den kirchenrechtlichen Bestimmungen hätten büßen und bezahlen müssen.

These XXIII (23)

Sollten irgendeinem tatsächlich ›alle Strafen‹ vergeben werden, so ist es sicher, dass dies alleine den Vollkommensten, und das sind gar wenige, zugestanden werde.

These XXIV (24)

Deshalb wird der größte Teil des Volkes betrogen durch die großspurige Verheißung eines umfänglichen Straferlasses.

These XXV (25)

Die gleiche Befugnis, die der Papst über das Fegefeuer im allgemeinen hat, hat auch ein jeder Bischof in seiner Diözese und jeder Pfarrer in seiner Pfarrei.

These XXVI (26)

Der Papst tut sehr gut daran, wenn er den Seelen nicht nach der Schlüsselgewalt, die er in diesem Umfang gar nicht hat, sondern in Gestalt der Fürbitte Vergebung gewährt.

These XXVII (27)

Lug und Trug predigen jene, die behaupten, »sobald der Groschen im Kasten klingt, die Seele aus dem Feuer springt«.

These XXVIII (28)

Vielmehr: Sobald der Groschen im Kasten klingt, werden Gewinn und Habgier zunehmen; denn die Hilfe und Fürbitte der Kirche stehen allein in Gottes Willen und Wohlgefallen.

These IXXX (29)

Wer weiß denn schon, ob tatsächlich alle Seelen aus dem Fegefeuer losgekauft werden wollen; man denke nur an die Erzählung vom Heiligen Severin und Paschalis.

These XXX (30)

Niemand kann sich sicher sein, dass er genüg gebüßt habe; noch viel weniger kann er sich eines allumfassenden Straferlasses sicher sein.

These XXXI (31)

So selten einer wahrhaftig Buße tut, so selten erwirbt einer auch wahrhaftig Ablässe, damit meine ich: Unglaublich selten.

These XXXII (32)

In Ewigkeit werden mitsamt ihren Lehrern jene verdammt werden, die sich einbilden, sich durch Ablassbriefe ihr Heil garantiert zu haben.

These XXXIII (33)

Vor jenen muss man sich besonders hüten und vorsehen, die behaupten, des Papstes Ablass sei die höchste und werteste Gottesgnade und Geschenk, durch welche der Mensch mit Gott versöhnt werde.

These XXXIV (34)

Denn die Ablassgnade bezieht sich allein auf die Strafe der Wiedergutmachung, welche von Menschen festgesetzt worden ist.

These XXXV (35)

Unchristliches predigen jene, die behaupten, dass durch den Erwerb eines Beichtbriefes die Seelen losgekauft werden könnten und keine Reue erforderlich sei.

These XXXVI (36)

Ein jeder wahrhaft reumütige Christ erlangt vollkommenen Erlass von Strafe und Schuld; und zwar auch ohne Ablassbrief.

These XXXVII (37)

Ein jeder wahrhaftige Christ, sei er er noch lebendig oder schon gestorben, ist teilhaftig aller Güter Christi und der Kirche, aus der Gnade Gottes, auch ohne Ablassbriefe.

These XXXVIII (38)

Dennoch ist des Papstes Vergebung und Gewährung keineswegs gering zu schätzen; denn wie ich gesagt habe, ist seine Kundgabe die Kundgabe einer von Gott kommenden Vergebung.

These XXXIX (39)

Es ist über alle Maßen schwer, auch für die allgelehrtesten Theologen, vor dem Volk zugleich die Protzerei der Ablässe als auch die Wahrhaftigkeit der Reue zu begründen.

These XL (40)

Wahre Reue und Einsicht sucht und liebt die Strafe; aber die Bequemlichkeit des Ablasses entbindet von der Strafe und führt dazu, dass man sie verabscheut — wenigstens bei Gelegenheit.

These XLI (41)

Mit Vorsicht soll man von dem päpstlichen Ablass predigen, damit der gemeine Mann nicht irrtümlich meint, der Ablass sei den guten Taten der Liebe vorzuziehen.

These XLII (42)

Man soll die Christen lehren, dass es nicht des Papstes Wille ist, dass der Ablasskauf in irgendeiner Weise den Werken der Barmherzigkeit gleichgestellt werde.

These XLIII (43)

Man soll die Christen lehren: Wer dem Armen gibt oder dem Bedürftigen etwas leiht, handelt besser, als wenn er Ablass kauft.

These XLIV (44)

Denn durch das Werk der Liebe wächst die Liebe und der Mensch wird besser; aber durch Ablässe wird er nicht besser, sondern nur freier von der Strafe.

These XLV (45)

Man soll die Christen lehren: Wer einen Bedürftigen sieht, sich nicht um ihn kümmert und stattdessen Ablässe löst, der erwirbt keine Vergebung, sondern lädt Gottes Zorn auf sich.

These XLVI (46)

Man soll die Christen lehren: Wenn sie nicht gerade im Überfluss reich sind, sind sie verpflichtet, das für ihre Haushaltsführung Notwendige zurückzulegen, statt für Ablass zu verschwenden.

These XLVII (47)

Man soll die Christen lehren: Der Kauf von Ablass ist eine freiwillige Sache, keine Verpflichtung.

These XLVIII (48)

Man soll die Christen lehren: Ein frommes und andächtiges Gebet ist dem Papste wertvoller als bereitwillig gezahltes Geld.

These XLIX (49)

Man soll die Christen lehren: Der päpstliche Ablass ist gut, sofern man nicht sein ganzes Vertrauen darauf setzt; er ist schädlich, wenn man dadurch die Gottesfurcht verliert.

These L (50)

Man soll die Christen lehren: Wenn der Papst um das Wüten der Ablassprediger wüsste, wäre es ihm lieber, dass der Petersdom in Schutt und Asche sinke, als dass er aus Haut, Fleisch und Knochen seiner Schafe erbaut werde.

These LI (51)

Man soll die Christen lehren: Der Papst wäre, wie er es schuldig ist, notfalls sogar dazu bereit, den Petersdom zu verkaufen und das Geld jenen zu geben, die durch die Ablassprediger betrogen wurden.

These LII (52)

Nichtig und verlogen ist die Hoffnung auf Seligkeit durch Ablassbriefe, selbst wenn der Ablasshändler, ja der Papst selbst, seine Seele dafür verpfänden würde.

These LIII (53)

Feinde Christi und des Papstes sind jene, die anordnen, wegen der Ablasspredig-ten das Wort Gottes in anderen Kirchen ganz und gar zum Schweigen zu bringen.

These LIV (54)

Es ist nicht in Gottes Sinne, wenn man in Predigten ebenso viel oder gar mehr Zeit darauf verwendet, für den Ablass zu werben, als auf das Wort des Evangeliums.

These LV (55)

Die Meinung des Papstes ist ganz sicher: Wenn man den Ablass – der das Geringste ist – mit einer Glocke, einer Prozession und einem Gottesdienst feiert, so müsse man das Evangelium – was das Höchste ist – mit hundert Glocken, hundert Prozessionen und hundert Gottesdiensten feiern.

These LVI (56)

Die Gnaden der Kirche, aus denen der Papst den Ablass vergibt, sind weder exakt bezeichnet, noch beim Volk Christi erkannt worden.

These LVII (57)

Dass es nicht leibliche und zeitliche Güter sind, dürfte offensichtlich sein, denn viele Prediger geben diese ja nicht hin, sondern sammeln sie vielmehr beim Volke auf.

These LVIII (58)

Es sind auch nicht die Verdienste Christi und der Heiligen; denn diese bewirken allezeit, ohne des Papstes Zutun, Gnade für die Seele des Menschen; dagegen Kreuz, Tod und Hölle für seine äußerliche Hülle.

These LIX (59)

St. Laurenzius sagte, die Armen einer Gemeinde seien ihre Schätze; aber er sprach so, wie es zu seiner Zeit üblich war.

These LX (60)

Aus gutem Grunde sagen wir heute: Dieser Schatz ist die Schlüsselgewalt der Kirche, durch Christi Verdienst geschenkt.

These LXI (61)

Denn es ist klar, dass für den Erlass von Strafen in den ihm allein vorbehaltenen Fällen die Vollmacht des Papstes genügt.

These LXII (62)

Der einzig wahre Schatz der Kirche ist das allerheiligste Evangelium der Herrlichkeit und Gnade Gottes.

These LXIII (63)

Dieser Schatz ist aber vielen verhasst; denn er bewirkt, dass die Ersten die Letzten sein werden.

These LXIV (64)

Aber der Ablassschatz ist leicht zu haben und vielen hochwillkommen, denn er macht aus den Letzten die Ersten.

These LXV (65)

Darum kann man die Schätze des Evangeliums als Netze betrachten, mit denen man einst die Menschen aus dem Mammon fischte.

These LXVI (66)

Die Ablässe aber sind die Netze, mit denen man heutzutage den Mammon aus den Menschen fischt.

These LXVII (67)

Die Ablässe, die die Prediger als ›allergrößte Gnaden‹ anpreisen, sind nur Gnade für die Händler, denen sie großen Gewinn abwerfen.

These LXVIII (68)

Und doch ist solcher Ablass wahrhaft lächerlich, wenn man ihn mit der Gnade Gottes und seiner Barmherzigkeit am Kreuz vergleicht.

These LXIX (69)

Bischöfe und Pfarrer sind [leider] verpflichtet, die Kommissare der apostolischen Ablässe mit aller Ehrerbietung walten zu lassen.

These LXX (70)

Aber eigentlich wären sie dazu verpflichtet, mit scharfen Augen und Ohren aufzumerken, dass diese Kommissare nicht anstelle des Auftrags des Papstes für ihre eigenen Vorteile predigen.

These LXXI (71)

Wer gegen die Wahrheit der apostolischen Ablässe redet, den soll man gebannt und verflucht nennen.

These LXXII (72)

Wer aber des Ablasspredigers mutwillige und überhebliche Worte hinterfragt und sich darum Sorgen macht, der soll gesegnet sein.

These LXXIII (73)

Wie der Papst mit Recht jene verdammt, die das Ablassgeschäft irgendwie betrügerisch für sich ausnutzen.

These LXXIV (74)

Und erst recht verdammt er jene, die unter dem Vorwand des Ablasses zum Nachteil der heiligen Liebe und Wahrheit handeln.

These LXXV (75)

Zu glauben, die päpstlichen Ablässe könnten einen Menschen freisprechen, selbst wenn er – gesetzt den unmöglichen Fall – die Mutter Gottes vergewaltigt hätte, das ist irre und verrückt.

These LXXVI (76)

Dagegen sagen wir: Die päpstlichen Ablässe können nicht einmal die kleinste der lässlichen Sünden tilgen, was die Schuld als solche betrifft.

These LXXVII (77)

Zu sagen, selbst wenn der heilige Petrus jetzt Papst wäre, könnte er nicht größere Gnaden erweisen als es der Ablass kann – das ist Blasphemie gegen den heiligen Petrus und den Papst.

These LXXVIII (78)

Wir dagegen sagen: Auch Petrus und jeder Papst haben weit größere Gnaden, nämlich das Evangelium, Wunderkräfte, Gaben, gesund zu machen, siehe 1 Korinther 12, 6, 9.

These LXXIX (79)

Zu sagen, das stolz mit dem päpstlichen Wappen gezierte Kreuz habe denselben Wert wie das Kreuz Christi, ist Blasphemie.

These LXXX (80)

Die Bischöfe, Pfarrer und Theologen, die zulassen, dass man solche Reden unters Volk bringen darf, werden dafür einst Rechenschaft ablegen müssen.

These LXXXI (81)

Solche frechen und unverschämten Predigten über den Ruhm des Ablasses führen dazu, dass es selbst gelehrten Männern nicht leicht fällt, des Papstes Ehre und Würde gegen Verleumdung zu schützen, oder gegen die listigen scharfen Fragen des gemeinen Mannes zu verteidigen.

These LXXXII (82)

Ein Beispiel: Warum lässt der Papst nicht gleich alle Seelen aus dem Fegefeuer um der allerheiligsten Liebe willen und wegen der höchsten Not der Seelen, also dem berechtigtsten Grund von allen? Während er unzählig viele Seelen erlöst wegen des unseligen Geldes zum Bau der Basilika als läppischem Grund.

These LXXXIII (83)

Ebenso: Warum werden die Messen und Jahresgedächtnisse für die Verstorbenen beibehalten? Warum gibt er [der Papst] die dafür eingerichteten Stiftungen nicht einfach zurück, wo es doch neuerdings schon Unrecht sein soll, für die [vom Fegefeuer] schon Erlösten zu beten?

These LXXXIV (84)

Ebenso: Was soll das für eine neue Barmherzigkeit Gottes und des Papstes sein, die es einem Gottlosen und einem Feindseligen um des Geldes Willen zugesteht, eine fromme und gottgetreue Seele loszukaufen? Auch wenn sie diese fromme Seele nicht einmal aus uneigennütziger Liebe und um deren Not Willen befreien?

These LXXXV (85)

Ebenso: Warum werden die kirchlichen Bußsatzungen, die faktisch durch Nicht-Anwendung schon lange außer Kraft gesetzt und tot sind, noch immer durch die Einnahme von Ablassgeldern gerettet, als steckten sie noch voller Leben?

These LXXXVI (86)

Ebenso: Warum baut jetzt der Papst – dessen Reichtümer heute weit gewaltiger sind, als die eines Crassus[1] –, nicht lieber den Petersdom von seinem eigenen Gelde als vom Geld der armen Christen?

These LXXXVII (87)

Ebenso: Was gibt der Papst denen als Erlass oder Anteil, die durch vollkommene Reue ein Recht auf vollständige Vergebung haben?

These LXXXVIII (88)

Ebenso: Was könnte der Kirche Besseres widerfahren, als wenn der Papst, wie er nur fallweise tut, nun hundertmal am Tag jedem Gläubigen diese Vergebung und Ablass gewährte?

---

[1] *Marcus Licinius Crassus (* ca. 115 v. Chr.; † ca. 53 v. Chr.) war ein Politiker der späten römischen Republik, der für seinen enormen Reichtum bekannt war.*

These LXXXIX (89)

Wenn es so ist, dass der Papst durch die Ablässe mehr das Heil der Seelen als die Gelder erstrebt, warum hebt er dann früher gegebene Ablassbriefe auf und setzt sie außer Kraft, obwohl sie doch ebenso gültig sind?

These XC (90)

Diese scharfen, heiklen Argumente der Laien allein mit Gewalt zu unterdrücken und nicht durch Gegenargumente zu entkräften, heißt, die Kirche und den Papst dem Spott der Feinde auszusetzen und die Christen unselig zu machen.

These XCI (91)

Darum, wenn die Ablässe nach dem Geist und im Sinne des Papstes gehandhabt würden, wären all diese Einwände leicht zu entkräften, ja, es gäbe sie gar nicht.

These XCII (92)

Mögen daher alle Propheten von Dannen gehen, die da zur Gemeinde Christi sagen: Friede, Friede! – und doch ist da gar kein Friede. (Hes. 13, 10, 16.)

These XCIII (93)

Aber all jenen Propheten möge es wohlergeben, die zur Gemeinde Christi sagen: Leid, Leid! – und doch ist da gar kein Leid.

These XCIV (94)

Man soll die Christen ermutigen, dass sie ihrem Lehrmeister Christus durch Kreuz, Tod und Hölle nachfolgen.

These XCV (95)

Und so dürfen sie darauf vertrauen, eher durch viele Leiden in den Himmel einzugehen als durch das Vorgaukeln eines falschen Friedens.

Geschrieben im Jahre 1517

LATEINISCHE ORIGINALVERSION

AMORE ET STUDIO ELUCIDANDE VERITAS hec subscripta disputabuntur Wittenberge, Presidente R. P. Martino Lutter, Artium et S. Theologie Magistro eiusdemque ibidem lectore Ordinario. Quare petit, ut qui non possunt verbis presentes nobiscum disceptare agant id literis absentes. In nomine domini nostri Hiesu Christi. Amen.

In nomine domini nostri Iesu Christi. Amen.

1.

Dominus et Magister noster Iesus Christus, dicendo poenitentiam agite etc. omnem vitam fidelium poenitentiam esse voluit.

2.

Quod verbum de poenitentia sacramentali (.i. confessionis et satisfactionis, quae sacerdotum ministerio celebratur) non potest intelligi.

3.

Non tamen solam intendit interiorem, immo interior nulla est, nisi foris operetur varias carnis mortificationes.

4.

Manet itaque poena, donec manet odium sui (.i. poenitentia vera intus), scilicet usque ad introitum regni caelorum.

5.

Papa non vult nec potest ullas poenas remittere: praeter eas, quas arbitrio vel suo vel canonum imposuit.

6.

Papa non potest remittere ullam culpam, nisi declarando et approbando remissam a deo. Aut certe remittendo casus reservatos sibi, quibus contemptis culpa prorsus remaneret.

7.

Nulli prorus remittit deus culpam, quin simul eum subiiciat humiliatum in omnibus sacerdoti suo vicario.

8.

Canones poenitentiales solum viventibus sunt impositi: nihilque morituris, secundum eosdem debet imponi.

9.

Inde bene nobis facit spiritus sanctus in Papa: excipiendo in suis decretis semper articulum mortis et necessitatis.

10.

Indocte et male faciunt sacerdotes ii, qui morituris poenitentias canonicas in purgatorium reservant.

11.

Zizania illa de mutanda poena Canonica in poenam purgatorii, videntur certe dormientibus Episcopis seminata.

12.

Olim poenae canonicae non post, sed ante absolutionem imponebantur, tanquam tentamenta verae contritionis.

13.

Morituri, per mortem omnia solvunt, et legibus canonum mortui iam sunt, habentes iure earum relaxationem.

14.

Imperfecta sanitas seu charitas morituri, necessario secum fert magnum timorem, tantoque maiorem, quanto minor fuerit ipsa.

15.

Hic timor et horror, satis est, se solo (ut alia taceam) facere poenam purgatorii, cum sit proximus desperationis horrori.

16.

Videntur infernus, purgaturium, caelum differre: sicut desperatio, prope desperatio, securitas differunt.

17.

Necessarium videtur animabus in purgatorio sicut minui horrorem, ita augeri charitatem.

18.

Nec probatum videtur ullis, aut rationibus, aut scripturis, quod sint extra statum meriti seu augendae charitatis.

19.

Nec hoc probatum esse videtur, quod sint de sua beatitudine certae et securae, saltem omnes, licet nos certissimi simus.

20.

Igitur Papa per remissionem plenariam omnium poenarum, non simpliciter omnium intelligit, sed a seipso tantummodo impositarum.

21.

Errant itaque indulgentiarum praedicatores ii, qui dicunt per Papae indulgentias, hominem ab omni poena solvi et salvari.

22.

Quin nullam remittit animabus in purgatorio, quam in hac vita debuissent secundum Canones solvere.

23.

Si remissio ulla omnium omnino poenarum potest alicui dari; certum est eam non nisi perfectissimis .i. paucissimis, dari.

24.

Falli ob id necesse est, maiorem partem populi: per indifferentem illam et magnificam poenae solutae promissionem.

25.

Qualem potestatem habet Papa in purgatorium generaliter talem habet quilibet Episcopus et curatus in sua diocesi, et parochia specialiter.

26.

Optime facit Papa, quod non potestate clavis (quam nullam habet) sed per modum suffragii, dat animabus remissionem.

27.

Hominem praedicant, qui statim, ut iactus nummus in cistam tinnierit, evolare dicunt animam.

28.

Certum est, nummo in cistam tinniente, augeri quaestum et avariciam posse: suffragium autem ecclesiae est in arbitrio dei solius.

29.

Quis scit si omnes animae in purgatorio velint redimi, sicut de sancto Severino et paschali factum narratur.

30.

Nullus securus est de veritate suae contritionis, multo minus de consecutione plenarie remissionis.

31.

Quam rarus est vere penitens, tam rarus est vere indulgentias redimens, i. e. rarissimus.

32.

Damnabuntur ineternum cum suis magistris, qui per literas veniarum securos sese credunt de sua salute.

33.

Cavendi sunt nimis, qui dicunt venias illas Pape donum esse illud dei inestimabile, quo reconciliatur homo deo.

34.

Gratie enim ille veniales tantum respiciunt penas satisfactionis sacramentalis ab homine constitutas.

35.

Non christiana predicant, qui docent, quod redempturis animas vel confessionalia non sit necessaria contritio.

36.

Quilibet christianus vere compunctus habet remissionem plenariam a pena et culpa etiam sine literis veniarum sibi debitam.

37.

Quilibet versus christianus, sive vivus sive mortuus, habet participationem omnium bonorum Christi et Ecclesie etiam sine literis veniarum a deo sibi datam.

38.

Remissio tamen et participatio Pape nullo modo est contemnenda, quia (ut dixi) est declaratio remissionis divine.

39.

Difficillimum est etiam doctissimis Theologis simul extollere veniarum largitatem et contritionis veritatem coram populo.

40.

Contritionis veritas penas querit et amat, Veniarum autem largitas relaxat et odisse facit, saltem occasione.

41.

Caute sunt venie apostolice predicande, ne populus false intelligat eas preferri ceteris bonis operibus charitatis.

42.

Docendi sunt christiani, quod Pape mens non est, redemptionem veniarum ulla ex parte comparandam esse operibus misericordie.

43.

Docendi sunt christiani, quod dans pauperi aut mutuans egenti melius facit quam si venias redimeret.

44.

Quia per opus charitatis crescit charitas et fit homo melior, sed per venias non fit melior sed tantummodo a pena liberior.

45.

Docendi sunt christiani, quod, qui videt egenum et neglecto eo dat pro veniis, non idulgentias Pape sed indignationem dei sibi vendicat.

46.

Docendi sunt christiani, quod nisi superfluis abundent necessaria tenentur domui sue retinere et nequaquam propter venias effundere.

47.

Docendi sunt christiani, quod redemptio veniarum est libera, non precepta.

48.

Docendi sunt christiani, quod Papa sicut magis eget ita magis optat in veniis dandis pro se devotam orationem quam promptam pecuniam.

49.

Docendi sunt christiani, quod venie
Pape sunt utiles, si non in eas confidant,
Sed nocentissime, si timorem dei per eas
amittant.

50.

Docendi sunt christiani, quod si Papa
nosset exactiones venialium predica-
torum, mallet Basilicam s. Petri in
cineres ire quam edificari cute, carne et
ossibus ovium suarum.

51.

Docendi sunt christiani, quod Papa
sicut debet ita vellet, etiam vendita (si
opus sit) Basilicam s. Petri, de suis
pecuniis dare illis, a quorum plurimis
quidam concionatores veniarum pecuniam eliciunt.

52.

Vana est fiducia salutis per literas
veniarum, etiam si Commissarius, immo
Papa ipse suam animam pro illis
impigneraret.

53.

Hostes Christi et Pape sunt ii, qui propter venias predicandas verbum dei in aliis ecclesiis penitus silere iubent.

54.

Iniuria fit verbo dei, dum in eodem sermone equale vel longius tempus impenditur veniis quam illi.

55.

Mens Pape necessario est, quod, si venie (quod minimum est) una campana, unis pompis et ceremoniis celebrantur, Euangelium (quod maximum est) centum campanis, centum pompis, centum ceremoniis predicetur.

56.

Thesauri ecclesie, unde Pape dat indulgentias, neque satis nominati sunt neque cogniti apud populum Christi.

57.

Temporales certe non esse patet, quod non tam facile eos profundunt, sed tantummodo colligunt multi concionatorum.

58.

Nec sunt merita Christi et sanctorum, quia hec semper sine Papa operantur gratiam hominis interioris et crucem, mortem infernumque exterioris.

59.

Thesauros ecclesie s. Laurentius dixit esse pauperes ecclesie, sed locutus est usu vocabuli suo tempore.

60.

Sine temeritate dicimus claves ecclesie (merito Christi donatas) esse thesaurum istum.

61.

Clarum est enim, quod ad remissionem penarum et casuum sola sufficit potestas Pape.

62.

Verus thesaurus ecclesie est sacrosanctum euangelium glorie et gratie dei.

63.

Hic autem est merito odiosissimus, quia ex primis facit novissimos.

64.

Thesaurus autem indulgentiarum merito est gratissimus, quia ex novissimis facit primos.

65.

Igitur thesauri Euangelici rhetia sunt, quibus olim piscabantur viros divitiarum.

66.

Thesauri indulgentiarum rhetia sunt, quibus nunc piscantur divitias virorum.

67.

Indulgentie, quas concionatores vociferantur maximas gratias, intelliguntur vere tales quoad questum promovendum.

68.

Sunt tamen re vera minime ad gratiam dei et crucis pietatem comparate.

69.

Tenentur Episcopi et Curati veniarum apostolicarum Commissarios cum omni reverentia admittere.

70.

Sed magis tenentur omnibus oculis intendere, omnibus auribus advertere, ne pro commissione Pape sua illi somnia predicent.

71.

Contra veniarum apostolicarum veritatem qui loquitur, sit ille anathema et maledictus.

72.

Qui vero, contra libidinem ac licentiam verborum Concionatoris veniarum curam agit, sit ille benedictus.

73.

Sicut Papa iuste fulminat eos, qui in fraudem negocii veniarum quacunque arte machinantur.

74.

Multomagnis fulminare intendit eos, qui per veniarum pretextum in fraudem sancte charitatis et veritatis machinantur,

75.

Opinari venias papales tantas esse, ut solvere possint hominem, etiam si quis per impossibile dei genitricem violasset, Est insanire.

76.

Dicimus contra, quod venie papales nec minimum venialium peccatorum tollere possint quo ad culpam.

77.

Quod dicitur, nec si s. Petrus modo Papa esset maiores gratias donare posset, est blasphemia in sanctum Petrum et Papam.

78.

Dicimus contra, quod etiam iste et quilibet papa maiores habet, scilicet Euangelium, virtutes, gratias, curationum &c. ut Co. XII.

79.

Dicere, Crucem armis papalibus insigniter erectam cruci Christi equivalere, blasphemia est.

80.

Rationem reddent Episcopi, Curati et Theologi, Qui tales sermones in populum licere sinunt.

81.

Facit hec licentiosa veniarum predicatio, ut nec reverentiam Pape facile sit etiam doctis viris redimere a calumniis aut certe argutis questionibus laicorm.

82.

Scilicet. Cur Papa non evacuat purgatorium propter sanctissimam charitatem et summam animarum necessitatem ut causam omnium iustissimam, Si infinitas animas redimit propter pecuniam funestissimam ad structuram Basilice ut causam levissimam?

83.

Item. Cur permanent exequie et anniversaria defunctorum et non reddit aut recipi permittit beneficia pro illis instituta, cum iam sit iniuria pro redemptis orare?

84.

Item. Que illa nova pietas Dei et Pape, quod impio et inimico propter pecuniam concedunt animam piam et amicam dei redimere, Et tamen propter necessitatem ipsius met pie et dilecte anime non redimunt eam gratuita charitate?

85.

Item. Cur Canones penitentiales re ipsa et non usu iam diu in semet abrogati et mortui adhuc tamen pecuniis redimuntur per concessionem indulgentiarum tanquam vivacissimi?

86.

Item. Cur Papa, cuius opes hodie sunt opulentissimis Crassis crassiores, non de suis pecuniis magis quam pauperum fidelium struit unam tantummodo Basilicam sancti Petri?

87.

Item. Quid remittit aut participat Papa iis, qui per contritionem perfectam ius habent plenarie remissionis et participationis?

88.

Item. Quid adderetur ecclesie boni maioris, Si Papa, sicut semel facit, ita centies in die cuilibet fidelium has remissiones et participationes tribueret?

89.

Ex quo Papa salutem querit animarum per venias magis quam pecunias, Cur suspendit literas et venias iam olim concessas, cum sint eque efficaces?

90.

Hec scrupulosissima laicorum argumenta sola potestate compescere nec reddita ratione diluere, Est ecclesiam et Papam hostibus ridendos exponere et infelices christianos facere.

91.

Si ergo venie secundum spiritum et mentem Pape predicarentur, facile illa omnia solverentur, immo non essent.

92.

Valeant itaque omnes illi prophete, qui dicunt populo Christi 'Pax pax,' et non est pax.

93.

Bene agant omnes illi prophete, qui dicunt populo Christi 'Crux crux,' et non est crux.

94.

Exhortandi sunt Christiani, ut caput suum Christum per penas, mortes infernosque sequi studeant,

95.

Ac sic magis per multas tribulationes intrare celum quam per securitatem pacis confidant.

M.D.Xvii. (1517)